습지 위의 집

The House on Marshland

습지 위의 집

루이즈 글릭 시집
정은귀 옮김

시공사

일러두기

- 본문의 이탤릭체는 원서에서도 이탤릭체로 표기된 부분이다.
- 외국 인명·지명·작품명과 독음은 외래어표기법에 따랐다.

사랑과 감사 담아
카렌 커넬리
탐 길슨
엘렌 브라이언트 보이깃

차례

I. 핼러윈 ALL HALLOWS

II. 사과 나무 THE APPLE TREES

I.

핼러윈
ALL HALLOWS

모든 성인 대축일

ALL HALLOWS

지금도 이 풍경은 모여들고 있다.
산들이 어두워지고. 황소가
파란 멍에를 쓰고 잠을 잔다,
들판은
깨끗하게 정돈되어 있고, 곡식 단은
가지런히 묶여 길가 양지꽃 사이에
쌓여 있다, 이 돌은 달이 떠오른 것 같다:

이게 바로
수확의 불모 혹은 역병.
창밖으로 몸을 내민 아내가
돈을 내듯이 손을 뻗고 있고,
또렷한 금빛
씨앗들이 외친다,
이리로 와라,
이리로 와라, 꼬마야

그리고 영혼은 나무에서 기어 나온다.

연못

THE POND

밤은 밤의 날개로 연못을 덮는다.
나는 달무리 밑에서 피라미들 사이를
헤엄치는 네 얼굴과 메아리치는 작은 별들을
알아볼 수 있다. 밤의 대기 속에서
연못의 표면은 금속성이다.

안에서, 네 눈은 열려 있다. 그 눈은
내가 아는 기억을 가지고 있다, 마치 우리가
다함께 아이였던 것처럼. 우리의 조랑말들은
언덕에서 풀을 뜯었다, 하얀 반점이 있는
회색 말들이었다. 이제 말들은
기다리고 있는 죽은 이들과 함께 풀을 뜯는다,
화강암으로 된 흉갑 밑에
있는 아이들처럼, 그들은
명료하고 무력하다:

산들은 멀리 떨어져 있다. 어린 시절보다
더 시커멓게 산들이 일어난다.
어떻게 생각하니, 그렇게 조용히 물가에
누워서? 네가 그렇게 보고 있으면

나 너를 만지고 싶어져, 근데 그러지 마,
다른 생에서 우리는 같은 핏줄이었잖아.

어둠 속의 그레텔

GRETEL IN DARKNESS

이게 우리가 원했던 세상이다.
우리가 죽는 걸 보았을 사람들은
다 죽었다. 달디 단 설탕 장막을 지나
달빛을 뚫고 나오는 마녀의 울음소리가
들린다: 신은 보상하고.
마녀의 혀는 쪼그라들어 가스가 된다……

　　이제, 여인의 품과 여인의 기억에서
멀리 떨어져서, 우리 아버지의 오두막에서
우리는 잠을 잔다, 배는 하나도 안 고프다.
왜 내가 잊지 못하는 걸까?
아버지는 문에 빗장을 지르고, 이 집에서
생기는 어떤 피해도 막는다, 여러 해다.

아무도 기억하지 못한다. 내 동생인, 너조차도,
여름 오후면 너는 나를 바라본다,
마치 떠나려는 듯,
마치 아무 일 없었던 듯.
하지만 나는 너를 위해서 죽였다. 무장한 전나무들,
저 반짝이는 가마의 첨탑들이 보인다.

밤이면 나를 안아달라고 네게로 향한다,
하지만 너는 거기에 없다.
나만 혼자인가? 스파이들이
고요 속에서 쉿 한다, 헨젤,
우리는 여전히 거기 있고, 그건 진짜, 진짜다,
그 검은 숲과 열렬히 타는 불.

어머니를 위하여

FOR MY MOTHER

그때가 더 좋았어요,

우리가 한 몸 속에 함께 있을 때.

삼십 년. 어머니 초록

유리의 눈으로

투과된 달빛이

내 뼛속까지 스며들어요,

아버지를 기다리며

어둠 속, 큰 침대에

우리 누워 있을 때.

삼십 년. 두 번의 키스로

아버지는 어머니의 눈꺼풀을

닫았지요. 그러고는 봄이

왔고 봄은 태어나지 않은 아이에

대한 절대적인 지식을

내게서 가져갔죠, 당신이

서 있는 현관 벽돌 계단을

떠나면서, 당신 눈에

그늘을 드리우면서, 하지만

밤이라서, 달이

너도밤나무에 걸려 있네요,

희고 둥글게, 별들의
작은 주석 표식들 사이에:
삼십 년. 집 주변으로
습지가 자라고 있어요.
포자들이 무리지어 그늘 뒤로
떠돌아다녀요, 망사처럼 펄럭이는
초목 사이로 떠가네요.

군도

ARCHIPELAGO

십 년째 되던 해에 우리는 만났다 거대한 햇빛을, 물에
잠겨 있는 섬들에겐 큰 위안. 섬들은 우리의 항로가 되었다.
열한 달을 우리는 표류했다, 열두 번째 달로 접어들면서
유순한 바다와 항구를 돌아다녔다. 평화로 들어갈 채비를 했다.
몇 주가 지났다. 그때 선장은 보았다
우리의 항구를 선명히 보여 주던 입이 닫히는 것을―우리는
삼켜진 것이다. 다른 목소리들은 꿈틀거린다. 바닷물은
우리 배를 조롱하고, 우리의 줄어든 숫자는
두 묶음으로 가동된다: 광기와 자살로. 십이 년째
선장은 그의 이름을 부른다, 그건 아무 의미가 없고, 선원들은
극한에 몰려 비명을 지른다.

동방박사들

THE MAGI

세상의 종말을 향하여, 그 헐벗은
겨울의 시작들을 지나, 그들은 다시 여행 중이다.
얼마나 많은 겨울을 우리는 봐 왔는지 이런 일이 일어나는 걸,
그 똑같은 징후가 다가오는 걸 우리가 지켜봤는지,
동방박사들이 자기들 금을 사막에 묻어 두고
이 루트 주변에 생겨난 도시들을 지날 때,
그럼에도 우리의 평화는 유지되고, 이들은
대단히 지혜로운 자들이라, 그 익숙한 시간에
와서 본다, 아무것도 바뀌지 않았음을; 지붕들,
어둠 속에 찬란한 헛간, 그들이 보길 원한 모든 것을.

청어몰이나무

THE SHAD-BLOW TREE

—톰을 위해

1. 나무
여기에 다 있다,
반짝이는 물, 나뭇가지에 따라서
렌즈 안에서 길어진 그 나무에
딱 맞게 새겨진 어린 나무,
그 어린 나무가 초록의 중독된 풍경을
배경으로 있었으니.

2. 잠재적인 이미지
어느 해 그는 나무에 초점을 맞추었다
그러다 보았다, 그 이후로 다신 없을 순수한 햇빛을 통해
그 계절, 이른 봄이, 그 가지들 위에서 작동하는 것을,
그 흰 꽃을, 시선은 그 꽃을
간직하고: 두뇌 깊숙이
청어몰이나무는 이런 사정으로
그처럼 얼어붙은 형태로 계속해서
기념물들 사이에서 잎사귀를 만들어서
늘어진 덩굴이, 뿌리가, 바위가,
된다, 그러면 만물은 소멸된다.

전령사들

MESSENGERS

기다리기만 하면 돼, 그들이 널 찾을 거야.
기러기들이 늪 위를 낮게 날며,
검은 물에서 반짝인다.
그들이 널 찾는다.

그리고 사슴들은—
얼마나 아름다운지,
사슴의 육신은 사슴을 방해하지 않았던 듯.
천천히 사슴들은 대기로 떠돈다.
햇빛의 청동 판들을 통해서.

기다리고 있는 게 아니라면,
사슴은 왜 그리 가만히 서 있을까?
움직이지도 않고, 우리들이 녹슬 때까지,
관목들은 잎도 없이 쪼그리고 앉아
바람 속에서 떨고 있다.

그렇게 되도록 가만두기만 하면 돼:
그 울음—*해방, 해방*—달처럼
땅을 뒤틀고 일어나 빙빙

도는 화살들처럼 그득 떠올라

마침내 그들은 너의 앞으로 온다,
죽은 것들처럼, 살을 떠안고서,
하여 너는, 그들 위에, 다친 채 우뚝 솟고.

여자 살인범

THE MURDERESS

내가 제정신이라고 아님 미쳤다고 하는데—내 말은, 남자들이
자기들끼리 추파를 던지고 있었다고요; 그녀는 보았다.
그녀는 내 딸이었다. 그녀는 허벅지가
더 길어질 때까지 치마를
줄이곤 했다, 갈라진 혀가 뇌 속에 미끄러져 들어갈 때까지.
그는 그녀의 냄새를 맡았다. 두려움이
아름다움을 점검할 것이었지만, 그녀는 두려움이 없었다. 그녀는
횡설수설 정신없는 말을 늘어놓았다, 자신의 뜨거움을
지옥의 뜨거움에 빌려주었다: 경찰국장님, 태양은
십오 일째 되는 날에 성모님을 잡아먹으려고 열어젖힙니다.
그건 물고기를 가르는 것과 같았어요. 그런 다음 얼룩이
녹았어요, 그리고 하느님이 그녀의 육신을 주관하셨지요.

꽃피는 매화

FLOWERING PLUM

봄에는 꽃이 피는 매화나무의 검은 가지에서
개똥지빠귀가 자기의 일상적인
생존 메시지를 발표한다. 그런 행복이 어디서 오는지
마치 이웃집 딸아이가 새가 노래하도록 읽어 주고는
시합을 하는 것 같지? 오후 내내 아이는
어른거리는 매화나무 그늘에 앉아 있다,
부드러운 바람이 아이의 깨끗한 무릎에 꽃잎들을
후두두둑 흩뿌린다, 아무런 흔적 남기지 않는
초록의 하얀 꽃, 하얀 꽃, 여름에
더 무거운 바람 속에 위태로운 어두운 얼룩들을
새기는 과일과 달리.

예수 탄생의 시

NATIVITY POEM

신이 탄생하는
저녁이다.
노래하면서
금빛 도구들 갖고
천사들이 헛간으로
돌진한다, 날개는
흰 밀랍도 아니고
대리석도 아니다. 그렇게
그들은 기록되어 있다:
윤기 나게 닦인 채,
군더더기 없이 차분한 공기 속에서,
그들은 야수들 위로 하프를
들어 올린다 모임을 하듯이,
어린 양들 그리고 깜짝 놀란
반질반질한 닭들 위로…… 요셉은,
저만치 구석에서, 자기 뺨을
어루만진다. 울고 있다는
의미다—

하지만 그는 얼마나 작은가,

어머니 생명 구멍에서 빠져나온 그,
아마포에 싸여 있는 그 발가벗은 살,
그때 별들은 아무런 꾸밈 없는
그의 감각을 기쁘게 하려고
빛을 발하고 있다.

가을에게

TO AUTUMN

―키스 앨서스를 위해

아침이 가시덤불 속에서 떨고 있다, 어린 처녀들처럼
이슬이 내려앉은 꽃눈 올라온 눈풀꽃 위로
진달래 관목이 첫 이파리들 내밀고, 다시 봄이다.
버드나무는 차례를 기다린다, 해안은
희미한 녹색 솜털로 덮인 채, 곧
곰팡이가 피어날 것이다. 나만
힘을 합치지 않고 있다, 나는 일찌감치
꽃을 피웠으므로. 나는 더 이상 젊지 않다. 그게
뭐 어때서? 여름이 다가오고, 또 길고 긴
가을의 썩어 가는 날들이 온다, 그때 나는
내 중년의 위대한 시를 시작할 거다.

정물화

STILL LIFE

아버지는 테레즈를 팔로 감싸 안는다.
그녀는 눈을 가늘게 뜬다. 내 엄지손가락은
내 입 안에 있다: 나의 다섯 번째 가을.
적갈색 너도밤나무 근처에서
발바리가 그늘 속에서 졸고 있다.
우리 중 누구도 그의 시선을 피하지 않는다.

잔디밭 가로질러 환한 햇살 속에서 어머니가
자기 카메라 뒤에 서 계신다.

제인 마이어스에게

FOR JANE MYERS

고인 도랑에서 수액이 솟아
두 개의 녹색 귀를 죽은 자작나무 가지에
붙인다. 위험천만한 아름다움―
이미 제인은 알록달록한 테니스 신발을
찾아 꺼내고 있다,
하나는 연보라, 하나는 노랑, 커다란 크로커스꽃 같다.

세탁실 옆에는
작은 마당의 바틀렛 배나무가―

수풀 속에서
그 잔잔한 산들바람 연주를,
듣는 게 피곤하지도 않은 듯,

하나도 피곤하지 않은 듯,
수선화들 우르르 몰려와 경적을 울리고―

푸른 꽃들이 어떻게 떨어지는지 봐, 진흙이
씨앗을 호주머니에 넣네.
몇 달, 몇 년, 그리고 무딘 바람의 칼날.

봄이다! 우리는 죽게 될 거다!

이제 사월은 꽃들을 새긴 계절의 명판을 들어 올리고
심장은
그 적수를 받아들이려고 팽창한다.

감사

GRATITUDE

당신이 내게 베푼 작은 친절에 대해 내가 감사하지
않는다고 생각하지 말기를.
난 작은 친절들을 좋아합니다.
사실 나는 더 크고 실질적인 친절보다 작은 친절들을
정말로 더 좋아해요, 큰 친절은 양탄자 위 덩치 큰
동물 마냥 늘 당신을 바라보고 있지요,
마침내 당신 전 생애가 축소되어
아침 또 아침을 깨우는 것 정도로 작아져서 보이지 않을
때까지, 밝은 태양은 자기 어금니들 위에서 빛나고.

시

POEM

지금처럼 초저녁에, 한 남자가 책상 위로
허리를 굽히고 있다.
천천히 그가 머리를 든다; 여자가
장미꽃을 들고, 나타난다.
여자 얼굴이 거울 표면에 떠돈다, 거울엔
장미 줄기들 초록 바퀴살이 찍혀 있다.

그건 어떤 고통의
형식이다: 그렇다면 그 투명한 페이지는 언제나
창문으로 올라간다, 잎맥들이 단어로
나타나 마침내 잉크로 채워지듯이.

하여 나는 이해하게 될 거다,
무엇이 그들을 하나로 묶고 있는지
혹은 해질녘 단단히 제자리에 있는 회색 집으로

왜냐하면 나는 그들의 삶 속으로 들어가야 하기에:
봄이다, 배나무는
연약한 하얀 꽃들로 얇게 덮인다.

학교 아이들

THE SCHOOL CHILDREN

아이들은 작은 책가방을 들고 앞으로 간다.
아침 내내 엄마들은 열심히 일했다
황금빛 붉은 철지난 사과들,
다른 언어의 단어들 같은 사과를 모으려고.

반대편 해안에선
이 제물들을 받으려고
커다란 책상 뒤에서 기다리는 이들이 있다.

얼마나 질서 정연한지—아이들이
노랗고 파란 양모 외투를
걸어 놓은 그 못들은.

선생님들은 침묵 속에서 아이들에게 가르침을 주리라
엄마들은 탈출구를 찾으러 과수원을 샅샅이 뒤지리라
그처럼 자그마한 탄약을 매달고 있는
과일나무들 잿빛 팔다리들을 자기들에게 끌어당기면서.

잔다르크

JEANNE D'ARC

그것은 벌판에 있었다. 나무들은 고요히 자랐고,
나뭇잎 사이로 불빛이
그리스도의 크나큰 은총을 말하며 지나갔다: 나는 들었다.
내 몸은 갑옷으로 단단해졌다.

                     경비 요원들이
나를 어둠에 넘겨주어 나는 하느님께 기도 드렸다
그리고 이제 그 목소리들은 답을 한다, 내가
하느님의 뜻에 따라, 불로 바뀌어야 한다고,
목소리들은 나를 무릎 꿇게 하여
나의 왕을 축복하게 했고, 이제는
내 목숨을 빚진 그 적에게 감사하라 한다.

출발

DEPARTURE

아버지는 철도 승강장에 서 계신다.
눈물이 아버지 눈에 고여 있다, 창문에
희미하게 어른거리는 얼굴은 다른 이의 얼굴,
옛날의 그. 그런데 그 다른 하나는 잊어버렸다;
아버지가 바라보자, 그는 외면하고,
얼굴에 그늘을 드리우며,
자기가 읽던 책으로 돌아간다.

그리고 이미 그 깊은 홈에서
기차는 재의 숨결로 기다리고 있다.

쌍둥이자리

GEMINI

내 안에 영혼이 있어
그것은 육신을 달라고
청하고 있다.

푸른 눈을 달라고
검은 머리
착 달라붙은 해골을

달라고 청하고 있다
이미 형성되었고 또 분리된
그 형체를

그래서 과거가 돋아 나왔다
과꽃들과 하얀 라일락이
가득한 집

순면 드레스를 입은
아이 하나,
잔디밭, 너도밤나무—

내 인생의 그런 것들을
나는 벗어 버렸다―커튼을
깎아 먹는 그 햇살과

덮개 없는 고리버들
의자들을, 겨울 지나 또 겨울,
마침내 별들이

두꺼워져 눈으로 내리고

II.

사과 나무
THE APPLE TREES

그 일

THE UNDERTAKING

어둠은 상승한다, 네가 살아 있을 때, 상상해 보라.
거기 너는—깨끗한 나무껍질에 담긴 채 표류한다,
엉켜 있는 골풀 사이로, 목화 물결치는 들판들 사이로.
너는 자유다. 강은 백합들로 빛나고,
관목들 나타나고, 새싹들이 손바닥처럼 두꺼워지고. 이제
모든 두려움이 사라진다: 그 빛이
당신을 보살피면, 당신은 물결의 호의를 느낀다,
두 팔이 물 위로 넓어지듯이; 사랑하라,

그 열쇠가 돌아간다. 너 자신을 확장하라—
그것은 나일강이다, 태양이 빛나고 있다,
네가 돌아서는 곳마다 행운이 있다.

석류

POMEGRANATE

처음에 그는 내게
그의 심장을 주었다. 그건
많은 씨앗들을 품은
붉은 과일, 껍질은
예상 밖으로, 가죽 같았다.
나는 굶는 게
더 좋았다, 내 훈련에서
터득한 방식.
그때 그가 말했다 좀 살펴봐
어떻게 보이는지, 특히나
당신 어머니 신경 좀 써. 나는
그의 겨드랑이 밑을 유심히 봤다:
어머니가 색깔과 냄새로
무얼 하셨던 거지?
그에 대해 그가 말했다 지금 *저기에*
원한으로 사랑하는 여자가
있어, 그가 덧붙이길,
생각해 봐 그녀는 자기 천성 안에 있어:
그녀에게로 향하는 나무들, 마을
전체가 밑으로 지나고

비록 지옥에서도
수풀은 석류들 함께
불타면서 고요하지만.
거기서 그는
하나를 갈라 열고 빨아 먹기
시작했다. 그가 마침내 고개를 들었을 때
마치 이렇게 말하는 듯했다 자기야
당신은 당신 자신의
여성이야, 결국엔, 하지만
당신 어머니가 우리 머리 위에서
펼쳐 보이는 이 깊은 슬픔을 잘 살펴봐
당신 어머니는 이런 깊이들이
주어지지 않은 분이라는 걸
기억하면서.

진홍 장미

BRENNENDE LIEBE

—1904

사랑하는 이여: 장미꽃이 다시 피었어요,

크림색 장미, 벽돌 길 양쪽으로.

나는 하얀 양산을 들고 장미꽃 사이를 지나요

풀과 버드나무들, 조각상들 서 있는 웅덩이 같은

타원형 터에 태양이 쨍하게 내리쬐네요.

그렇게 날들이 지나고. 화창한 날들,

나는 반쯤 돌아선 느릅나무 밑에서

차를 마십니다, 마치 당신이 내 옆에서 이렇게 말하는 듯

당신 숨을 앗아갈 수도 있는 꽃들이야……

그리고 쟁반 위에는 늘

장미 한 송이가, 또 항상 강의 낙인이 찍힌 태양과

리넨 여름 옷 입은 남자들과 치마가

그림자로 빙글 돌던 여자애들이…… 간밤에

나는 당신이 돌아오지 않는 꿈을 꿨지요.

오늘은 좋아요. 어린 가정부가 백조 모양

은그릇에 장미를 가득 담아 내 침대 옆에 두었네요,

검붉은 색, 이 꽃은 진홍 장미라 부른다네요,

보니까 너무 아름답네요.

아비삭

ABISHAG

1.
하느님의 말씀에 따라 다윗의 친척들은
가나안 전체를 수소문했어요:
이런 이야기였지요
그들이 대놓고
말했다시피
왕이 죽어 가고 있었고
내 아버지는 내 쪽으로 돌아서며 말씀하셨어요,
내가 지금까지 네게 얼마나 많이 청했더냐
나는 대답하길
아무것도요
내 기억으로는 그랬어요

그래서 태양이 그의 어깨에 솟아올랐어요:
푸른 공기, 사막, 그 작은
노르스름한 마을

내가 나 자신을 바라보면
그때의 내 모습 그대로예요,
우물가 옆에서, 물이 반쯤

찬 그 움푹한 조롱박을
빤히 바라보고 있는, 거기서 왼쪽
어깨를 스치는 검게 많은 머리가
기록되었고 얼굴은
아무 특징이 없었는데
그렇다고 그들이 말하지는 않았어요
그녀는 더 엄청나고 파괴하는 열정을
추구하는 자의 외모를 갖고 있다:
그들은 나를 있는 그대로 받아들였어요.
친척 중에 아무도 날 건드리지 않았어요,
노예들 중에서도 누구도.
이젠 누구도 날 건드리지 않겠지요.

2.
반복되는 꿈속에서 내 아버지는
검은 사제복을 신고 문간에 서 계십니다,
구혼자들 중에 누군가를
고르라고 내게 말씀하시며, 저마다
내 이름을 한 번씩 말할 텐데 그때
내가 손을 들어 신호를 보내면 된다고요.

아버지 팔 위에서 나는 듣네요
세 음이 아니라: *아비삭*,
두 음만요: *내 사랑*—

나 당신께 말해요 나를 묶는 것이
나의 의지라면 나는 구원될 수 없겠지요.
하지만 그 꿈속에서, 그 돌집에
반쯤 들이치는 빛 속에서, 그들은
너무 비슷해 보였어요. 가끔 생각해요
그 목소리들이 그들 자신과
똑같았다고, 그래서 제가 손을 들었죠,
피곤했으니까요. 아버지 말씀이 들려요,
골라 봐, 골라 봐. 하지만 그들은 똑같지 않았어요,
그리고 죽음을 고르려면, 네, 난
내 육신의 죽음을 믿을 수 있어요.

71년 12월 6일

12.6.71

당신이 내게서 돌아선 후,
나는 꿈을 꿨지, 우리는
두 산 사이에 있는 연못 옆에 있었고,
밤이었지
쏙 들어간 그곳에서 달이 팔딱거렸지
거긴 여윈 가문비나무들이 서 있고
잠에서 깨어나 뛰어 나온 사슴 세 마리도,
나는 들었지 내 이름이
말이 아니라 외침이 되어 나오는 걸
그래서 난 당신에게로 손을 뻗었지
이불이 얼음이라는 것만 빼고는,
그들은 나를 찾아왔었지,
하나씩 하나씩, 모두 똑같이
어둠으로 들어갔지,
그리고 눈이
내리기 시작했어, 그때 이후로
그치지 않은 눈이.

사랑 시

LOVE POEM

고통으로 만들어지는 무언가가 늘 있다.
당신 어머니의 뜨개질.
그녀는 붉은 색이란 붉은 색은 모조리 동원해서 스카프를 만든다.
스카프는 크리스마스 선물이었고, 당신을 따뜻하게 해 주었다,
그녀가 당신을 데리고 여러 번 되풀이해서 결혼하는
동안에. 그게 어떻게 작용했을까?
그 모든 세월 동안 그녀는 미망인이 된 심장을 저장했다,
마치 죽은 자가 되돌아올 것처럼.
당신이 그러는 게 놀랄 일도 아니지,
피를 두려워하는 당신, 벽돌담처럼
계속 이어지는 당신의 여자들.

노스우드 길

NORTHWOOD PATH

나로서는
우리는 그날 오후
그 길에서의
우리와 똑같아:
시월이고,
해가 지면서
우리들 나란한
그림자를
드리우는 것이
보여. 그리고 당신은,
예를 들어, 신발에
그토록 골똘하면서
무슨 생각을 하고
있었지? 기억이 나
우리가 당신 차
애길 했던 게
그 숲길을
다 걸으며:
몹시 시들어 가는
포크위드가

보랏빛 열매들을
줄기에 자르륵
달고 있었지—그렇게
열망이 사랑을 불러
존재가 되게 했어.
하지만 언제나 선택은
양쪽 모두에 있었지,
그런 법이지,
당신이 말했듯이,
어둠 속에서 당신이 왔지
필요하니까,
당신은 그걸 다시 하겠지

불

THE FIRE

우리가 함께 있을 때 당신이 죽었다면
난 당신에게 아무것도 바라지 않았을 텐데.
이제 나는 당신이 죽었다 생각하네, 그게 나아.

종종, 봄의 서늘한 초저녁에
첫 이파리들과 함께
모든 치명적인 것들이 이 세상에 들어오고,
나는 우릴 위해 소나무와 사과나무로 불을 지피고;
다시 또다시
불길이 확 타오르다 줄어드네,
밤이 깊어지고 그 밤에
우리는 서로를 아주 또렷하게 보네—

또 그 날들에, 우리는 만족하네,
예전에 그랬던 것처럼
긴 풀밭에서,
숲의 녹색 문들과 그림자들 속에서.

또 당신은 절대 말하지 않네,
나를 떠나라

죽은 자들은 혼자 있는 걸 싫어하니까.

요새

THE FORTRESS

이제 아무것도 없다. 병을
통과하며 그 교훈을 배우는 것이
더 쉬웠다. 하느님의 호텔에서 나는
내 이름과 번호가 정맥에 찍혀 있는 걸 봤다
그때 마시는 플래시드 쪽으로
교정하는 공기를 뿜어냈고. 나는 다시
숨을 쉴 수 있었다. 얼음으로 포위된
그 산이 여러 블록의 지하 감옥으로
바뀌는 것을 나는 지켜본다, 아내들이
오븐을 지키고 있고. 나는 안다.
그들은 머리를 돌돌 말고, 혼자 흥얼거리듯,
음악을 켠다, 야간 근무 간호사가 유니폼을
매만지고 있다. 이게
적절한 통증이다. 불이 꺼졌다. 사랑이
인간의 몸속에서 만들어진다.

여기 내 검정 옷들이 있다

HERE ARE MY BLACK CLOTHES

지금은 당신을 사랑하느니 아무도 사랑하지 않는
게 더 낫다고 생각해. 여기 내 검정 옷들이 있어,
지친 잠옷들과 여기저기서 나달나달해진
가운들. 내가 벌거벗고 가는 것 같이 그 옷들은 왜
아무 쓸모도 없이 매달려 있어야 하지? 당신은 나를 검정으로도
충분히 좋아했잖아; 이 물건들을 당신한테 선물로 주려고.
그 옷들 당신 입으로 건드리고 싶어질 거야, 그 가늘고
부드러운 속옷들 속으로 당신 손가락을
더듬어 넣고 싶어질 거야, 그리고 나는
내 새로운 인생에 그것들 더는 필요 없을 거야.

황소자리 아래

UNDER TAURUS

우린 부두에 있었어, 당신은 내가
플레이아데스성단을 보기를 원했고. 나는
당신이 바라는 것만 빼고 모든 걸 다 볼 수 있었어.

이제 내가 따라갈게. 구름 한 점 없네; 별들이
나타나고, 안 보이는 자매도 보여. 어디를 봐야 할지 알려 줘,
마치 그들이 있는 곳에 그들이 머물 것처럼.

어둠 속에서 내게 가르쳐 줘.

수영 선수

THE SWIMMER

너는 통 안에 앉았다.
모래도 휘젓지 않고, 죽은 자는
바다에서 기다렸다.
그리고 수돗물은
네 위로 넘쳐흘렀다,
사파이어와 에메랄드.

해변은
네가 발견했던 그대로다,
물건들이 어지럽게 널려 있다.
그 물건들이 나를 여기로 데려왔다;
난 그것들, 껍데기와 뼈를
샅샅이 뒤져 본다, 만족스럽지 않다.

나를 쉬게 했던 것은 너의 몸이었다.
저 멀리 너는 고개를 돌리네:
잔잔한 풀밭 사이로 바람이
인간의 언어로 옮겨 가고

어둠이 찾아오고,

그 긴 밤들이
정지해 있는 어둠에 잠기고.

바다만 움직인다.
바다는 색깔이 있어, 오닉스와 망간 색.
네가 거기 있으면 바다는 너를 풀어 줄 거야
길들여진 물결 속에서
내가 너의 지친 얼굴을 봤을 때처럼,
해안으로 향하는 너의 긴 팔들―

파도가 밀려오고,
우리는 함께 여행 중이다.

편지들

THE LETTERS

마지막 밤이다.
마지막으로 당신 손이
나의 몸 위에 모여 있다.

내일은 가을일 것이다.
우리는 발코니에 함께 앉아
마른 나뭇잎들이 우리가 태울 편지처럼
마을 위로 떠도는 걸 볼 것이다,
하나씩 하나씩, 우리 각자의 집에서.

정말 조용한 밤이다.
중얼거리는 당신 목소리만
흠뻑 젖었네, 이렇게 하고
그리고 그 아이는
태어나지 않은 것처럼 잠을 잔다.

아침이면 가을이 될 것이다.
우리는 작은 정원에서 함께 걷겠지
오랫동안 방치된 가구처럼
아직도 안개에 싸여 있는 관목 사이를

작은 벤치들 사이를.

이파리들이 어둠 속에 어떻게 떠다는지 보라.
이파리들 위에 쓰여 있는 모든 걸
우리는 다 태우고 있다.

모과나무

JAPONICA

언덕 위
모과나무에 꽃이 핀다.
크고 고독한 꽃들을
품고 있다,
모과꽃,
당신이 가느다란 가지에서
그 꽃들을 싹둑 끊어서
내게로
잘못 왔을 때 같다.
비가 그쳤다. 햇빛은
나뭇잎 사이로 움직였다.
하지만 죽음에게도
또한 꽃이 있으니,
그건 바로
전염이라 불린다, 그건
빨강이나 흰색,
모과나무 꽃 색깔이다—
당신이 거기 서 있었네,
두 손에 꽃들 가득 들고.
그 꽃들이 선물인데

내 어떻게 받지 않을 수 있었을까?

사과나무

THE APPLE TREES

당신 아들이 나를 누른다,
그의 작고 똑똑한 몸으로.

나는 아기 침대 옆에 서 있다
다른 꿈에서 당신이
베어 문 사과들
달려 있는 나무들 사이에서
팔을 뻗은 채 서 있었던 것처럼.
나는 움직이지 않았지만
공기가 색유리판으로 갈라지는 걸
보았다—마지막 순간에
나는 그 아이를 창문으로 올리고선 말했다
네가 만든 것을 한 번 보렴
그러고는 깎아 만든 갈비뼈들을 세어 보았다,
파란 줄기에 달린 심장도,
그때 나무들 사이에서
어둠이 내렸다:

어두운 방에서 당신 아들이 자고 있다.
벽은 초록색이다, 벽은

가문비나무와 침묵이다.
나는 그 애가 어떻게 나를 떠날지 보려고 기다린다.
그의 손에는 이미 지도가 보인다,
당신이 그걸 거기 새겨 둔 것 같다,
죽은 들판들과 강에 뿌리 내린 여자들도.

습지 위의 집

초판 1쇄 인쇄일 2022년 11월 29일
초판 1쇄 발행일 2022년 12월 8일

지은이 루이즈 글릭
옮긴이 정은귀

발행인 윤호권
사업총괄 정유한

편집 구민준 **디자인** 박지은(표지) 김지연(본문) **마케팅** 정재영 명인수 윤아림 김솔희 이아연
발행처 ㈜시공사 **주소** 서울시 성동구 상원1길 22, 6-8층(우편번호 04779)
대표전화 02-3486-6877 **팩스(주문)** 02-585-1755
홈페이지 www.sigongsa.com / www.sigongjunior.com

글 ⓒ 루이즈 글릭, 2022

ISBN 979-11-6925-359-8 03840
ISBN 979-11-6925-438-0(세트)

*시공사는 시공간을 넘는 무한한 콘텐츠 세상을 만듭니다.
*시공사는 더 나은 내일을 함께 만들 여러분의 소중한 의견을 기다립니다.
*잘못 만들어진 책은 구입하신 곳에서 바꾸어 드립니다.

노벨문학상 작가
루이즈 글릭 대표 시집 출간!

야생 붓꽃

풀리처상

아베르노

PEN 뉴잉글랜드
어워즈

신실하고 고결한 밤

전미도서상

"꾸밈없는 아름다움을 갖춘 시적 목소리로
개인의 실존을 보편적으로 나타낸 작가"_ 한림원

맏이   습지 위의 집

루이즈 글릭   문단의 찬사를 받은
데뷔작   두 번째 시집

습지 위의 집

The House on Marshland

습지 위의 집

옮긴이의 말 흩어지는 생의 찰나를 수긍하는 일_정은귀

시공사

흩어지는 생의 찰나를
수긍하는 일

정은귀

글릭의 두 번째 시집 《습지 위의 집》은 첫 시집 《맏이》가 나온 후 7년 뒤인 1975년에 출간되었다. 첫 시집이 가정이라는 공간 안팎에서 가장자리로 내몰리며 극심한 고립감에 시달리는 인물들을 통해 시대의 우울한 풍경을 전면에 내세웠다면, 그리고 그 극심한 우울에도 불구하고 끝끝내 견디면서 삶을 살아 내는 어떤 자세를 이야기했다면, 두 번째 시집은 한결 안정되어 보이는 집과 시간에 대한 이야기들을 모은 시들로 한결 사랑스럽고 다정한 분위기를 자아낸다. 그래서 이 시집은 뒤이어 계속되는 글릭 시의 너른 폭을 예견하는 시집으로 흔히 이야기된다. 첫 시집 《맏이》의 그 지독한 우울과 황폐 이후 7년 뒤, 이 시집이 보여 주는 이 사랑스러움은 어디서 나온 것일까? 분방한 풍경의 힘은? 자연 속에서 부드럽고 사실적인 이야기와 비현실적인 풍경이 뒤섞인 그 풍성함 때문에 "새로운 종의 시인"이 나왔다는 찬사를 시인에게 안겨 준 시집이 바로 《습지 위의 집》이다.

시집은 크게 두 부로 나뉘어져 있다. 1부 핼러윈, 2부 사과나무. 핼러윈은 모든 성인 대축일 전날 저녁. 아이들이 집집마다 두드리고 다니며 사탕을 받는 날이다. 계절은 가을이다. 첫 시집은 어떤 풍경으로 시작한다.

지금도 이 풍경은 모여들고 있다.
산들이 어두워지고. 황소가
파란 멍에를 쓰고 잠을 잔다,
들판은
깨끗하게 정돈되어 있고, 곡식 단은
가지런히 묶여 길가 양지꽃 사이에

쌓여 있다, 이 돈은 달이 떠오른 것 같다:

이게 바로
수확의 불모 혹은 역병.
창밖으로 몸을 내민 아내가
돈을 내듯이 손을 뻗고 있고,
또렷한 금빛
씨앗들이 외친다,
이리로 와라,
이리로 와라, 꼬마야

그리고 영혼은 나무에서 기어 나온다.

〈모든 성인 대축일〉 전문

첫 연은 평온한 저녁 풍경을 그린다. 모든 것이 모여드는 시간, 많은 것들이 잘 정돈되어서 고즈넉한 휴지기에 접어든 것 같다. 얼핏 가을걷이를 끝낸 들판의 평온을 이야기하는 것처럼 시작하는 시는, 글릭의 많은 시들이 그러하듯 시의 후반부에 이르면 독자들의 기대를 배반하는 날렵한 찌르기가 자리한다. 평온한 풍경인 듯 보이는 그 풍경은 가을날 수확 후의 안정된 세상이 아니다. "이게 바로 / 수확의 불모 혹은 역병"으로 시작하는 두 번째 연에 이르면 이 평화가 어쩐지 다른 불운을 몰고 오는 것은 아닌지 불안해진다. 아이들을 꾀는 금빛 씨앗들의 외침. "*이리로 와라, / 이리로 와라, 꼬마야*" 기묘하고도 불안한 유혹의 목소리는 시집의 페이지를 넘기면서 하나씩 시를 더 읽어 갈수록 더 많은 질문을 품게 만든다. 〈어둠 속의 그레텔〉에서는 마녀의 유혹을 간신히 제압하고 살아남은 아이들이 등장하는데, 이 첫 시의 목소리와 함께 생각하면 시인은 이런 질문을 던지는 것 같다. 아이들을 품은 집, 아이들을 품은 이 세상은 얼마나 공고한가? 또 얼마나 무섭게 흔들리는가, 어떻게 아이들을 내몰고 잡아먹는가. 불안과 두려움 속에서 아이들은 어떻게 서로가 서로를 구원하는가. 오빠 헨젤을 구하기 위해서 마녀를 죽이는 그레텔의 용기는 어디서 나오는가. 밤이면 나를 안아 달라고 네게로 가지만 너는 없고, 이 기묘한 오누이의 사랑은 또 뭔가. 이 절실하고 절박한 사랑의 정체는 무엇인가?

《습지 위의 집》은 이처럼 불안한 세상에서 사랑을 하고 아이를 낳고 키우고 어느 시점인가 무언가가 평화를 깨고 배반당하는, 그리고 그 배반을 딛고 일어서는 삶의 비의를 숨기고 있는 집의 마법을 전한다. 집의 슬픔이면서 기쁨인, 이 세상에 복잡한 거미줄처럼 얽힌 집의 이야기이고 또 사람들의 이야기다. 그러니 그 세계에는 남자와 여자, 아이의 관계만 있는 것이 아니고 형제가 있고 자매가 있고 오누이가 있고 부모가 있다. 모두 어딘가 모르게 닮은 사람들, 함께 길을 잃고 또 함께 떨면서 서로를 지켜 주려는 이들이고 서로를 지켜 주면서도 어느 한구석 외로움에 떨고 있는 존재들이다. 시는 순수의 시대와 경험의 시대를 넘나들면서 집에 대해 품고 있는 우리의 허상을 허문다. 그 과정은 흡사 우리가 보고 싶지 않아서 외면하고 감추고 있던 집의 비밀 다락방을 들여다보는 과정이다. 숨어 있는 것을 들추면서 시인은 의뭉스럽게 습지 위의 불안한 집 속으로 우리를 끌어 들여서, 자, 이게, 집이죠? 아마? 말한다.

《습지 위의 집》에 등장하는 여러 관계 중에서 모녀 관계를 살펴보는 것도 흥미롭다. 〈어머니를 위하여〉에서 시인은 어머니와 한 몸이었던 시간을 회상하는 화자를 등장시킨다. 어머니의 몸에서 떨어져 나와서 자라난 세월, 그 30년이 세 번 반복되면서 시는 아버지와 어머니의 부부관계, 어머니와 나의 관계 등을 반추한다. 표면적으로 드러나지는 않지만 무리지어 떠돌아다니는 포자들, 습지 위에 지어진 집, 뼛속까지 스며드는 달빛 등으로 미루어 보아 그 집의 구성원들은 그다지 행복하지 않다. 달빛은 한기니까. 어머니와 한 몸이었을 때가 더 좋았다는 첫 두 줄의 선언. 각자는 서로의 관계 안에서 어떤 몸살이 있고 질책이 있고 갈등이 있다. 〈군도〉, 〈동방박사들〉, 〈여자 살인범〉 등, 시들은 이 세계의 흔들리는 불안을 집에 투영하면서 옛 신화에서 일상의 사건들에서 여러 가지 에피소드들을 함께 엮는다.

〈꽃피는 매화〉는 아이가 자라면서 부모가 맛보고 느낄 수 있는 잔잔한 행복의 순간이 그려지다가 다시 또 아슬하고 위태로운 조짐이 있다. 하지만 그 조짐에도 불구하고 가장 빛나는 것은 "오후 내내 아이는 / 어른거리는 매화나무 그늘에 앉아 있다, / 부드러운 바람이 아이의 깨끗한 무릎에 꽃잎들을 / 후두두둑 흩뿌린다"라고 할 때, 그 순간을 기억하는 힘이다. 아무런 흔적 남기지 않는 하얀 꽃. 표면에 위태로운 얼룩 새기며 익어 가는 과일과 달리, 그 하얀 꽃잎이 아이에게 드리우는 순간은 그 자체로 영원으로 통하는 순간이리라. 그러나 동시에 얼마나 쉽게 사라지는지. 흔적 없이. 흔적 없는 아름다움이야 말로 영원히 각인되는 아름다움이 아닌가. 이어지는 〈예수 탄생의 시〉에서도 아이를 낳아 기르는 젊은 날의 싱싱한 어미의 기쁨이 무심한 듯 그려진다. 모든 존재는, 엄마에게 있어 모든 자녀는, "어머니의 생명 구멍에서 빠져 나온 그, / 아마포에 싸여 있는 그 발가벗은 살"의 존재는 예수 탄생에 버금가는 신비요 기쁨이요 개벽이요 빛임을 시인은 정확히 아는 것이다.

젊은 날 시인이 아들을 낳고 집을 가꾸며 살던 시절의 기쁨과 어두움과 근심과 불안을 고스란히 투영한 이 시집은 그래서 읽다 보면 가슴이 뻐근해지는 순간을 제법 많이 만난다. 〈정물화〉에 그려지는 한 가족의 사진 촬영 장면을 보라. 내가 태어나 다섯 번째 맞이하는 가을, 동생을 안고 있는 아버지. 카메라 셔터를 막 누르려는 엄마. 엄지손가락을 빨고 있는 어린 나. 첫 시집 《맏이》에서 드러나는 청춘의 격렬한 고투, 그 속에 버텨 나가는 안간힘 대신 조금은 누그러진 안온함이 있다. 그건 다른 존재 안에서 잠시 마음을 내려놓는 순간이 있기 때문이다. 〈감사〉와 같은 시는 화자와 청자의 관계를 확실히 드러내지 않으면서 이야기를 전개하는 방식이 뒤로 갈수록 드러나는 글릭의 복화술사로서의 면모를 예감하게 한다. 바로이어지는 〈시〉 또한 한 집을 이루어 살아가는 남자와 여자의 관계안에서 어떤 평온한 순간에 번개처럼 스치고 지나가는 불안함까지절묘하게 포착한다.

〈출발〉은 아마도 결혼하여 떠나는 딸을 배웅하는 아버지를 그린다. 새로운 남자와 새로운 출발을 하는 딸. 아비는 자기 딸을 데리고 가는 남자에게 눈길을 주지만 그 남자는 그 눈길을 외면한다. 이 외면이 그 젊은 남자의 것만 아니라 아버지에게서 아들로 사위로 이어지는 어떤 운명이라는 인식이 강하게 배어 있다. 그리고 그렇게 떠나는 출발은 행복보다는 불행의 예감이 크다. "재의 숨결로기다리는" 기차. 우연이지만, 이와 흡사한 이야기를 얼마 전 엄마에게서 들었다. 결혼식을 올리고 시집으로 들어오는 길. 새색시 엄마를 젊은 오빠가 배웅했다고 한다. 경주 오랜 집에 여동생을 남겨 두고 돌아가야 하는 오빠는 눈물이 범벅이 되도록 울었다고 한다. 그 눈물은 아마 이 시의 아비의 눈에 고인 눈물이기도 할 것이다. 모든 아비는 오빠는 딸을, 동생을 떠나보내고, 그 딸을 맞는 젊은 남자는 연민 대신 책에 눈길을 두고. 엄마는 그 오래 전 기억을 끄집어내면서 '네 아부지는 이런 거 꿈에도 모르신다' 하신다. 아비와 오래비의 간절함은 남편의 것이 아닌 것이다. 여동생들에 대해서 끔찍하리만큼 애잔해서 자주 눈물을 보이시는 우리 아버지도 엄마에게는 그런 무심한 기억 한자락 안에 새겨지기도 하는 것인가, 나는 가끔 궁금하다. 각별한 사랑 너머로 서로가 알 수 없는 깊은 틈을 안고 사는 것, 그게 인생이려니, 나는 가끔 생각한다.

글릭은 가족 관계 안에서 엄마와 딸, 엄마와 아들, 아버지와 아들, 아버지와 딸, 남편의 어머니와 아들의 여자 등 모든 다른 겹겹의 애정의 층위를 실로 풍만하게 그리고 있다. 가족 관계에 대해서 집의 그 층층시하 다르면서도 겹쳐지는 마음결에 대해서 이처럼 속속들이 그리는 시인을, 나는 보지 못했다. 애증뿐만 아니라 애잔함과 비통함이 함께하는 관계들. 우리 각자는 어머니이면서 딸이면서 아이이면서 어른인 것이다. 그렇다고 해서 그 층층의 마음들이 주고받는 교호 관계가 육친이나 피붙이들의 것만은 아니다. 2부에 배치된 시 〈석류〉는 남자가 여자에게 여자의 어머니에게 신경 좀 쓰라는 말이 나온다. 여기서는 공감이 다시 피와 살을 주고 받지 않는 가족 관계 안에서 더 확장되어 애써 냉랭하게 외면하는 모녀를 바라보는 남자가 아내의 엄마에게로 더하는 시선이 전해진다. 그러니 결국 각자는 돌고 돌아 서로를 외면하면서도 또 다른 트랙에서 다시 돌고 돌아 서로를 위무하는 역할을 하게 되는 것이다. 한쪽에서는 냉정한 사람이 다른 관계에서는 깊은 속을 알고 또 보일 수 있는 것은 그래서인가.

《습지 위의 집》은 이처럼 다채로운 방식으로 각자가 자기 자리에서 느끼는 외로움과 기쁨과 슬픔과 무심을 찰나처럼 드러낸다. 어쩌면 타고난 회의주의자였을 시인은 그 모든 빛과의 만남 뒤에 이별의 순간이 드리우고 있음을 감지했을지도 모른다. 이 시들이 이십 대에서 삼십 대 초반에 이르는 시절의 수확이라니. 비평가 벤들러 (Helen Vendler)가 글릭의 조로(早老)한 통찰의 시들에서 번뜩이는 천재성을 보는 것도 놀랍지 않다. 시인은 어쩌면 늙음을 먼저 살아 버린 자. 글릭의 이번 시집이 그래서 단정하고 명료하다면 그것은 환희보다도 죽음에 먼저 도달한 사람의 지혜인지도 모른다. 누구나 풍성한 수확의 계절이라고 하는 가을을 "썩어 가는 계절"로 보면서, 그 썩어 가는 계절에 중년의 위대한 시를 시작하리라는 결심이라니. 시집의 마지막 시는 2부의 표제 시 〈사과나무〉다.

어두운 방에서 당신 아들이 자고 있다.
벽은 초록색이다, 벽은
가문비나무와 침묵이다.
나는 그 애가 어떻게 나를 떠날지 보려고 기다린다.
그의 손에는 이미 지도가 보인다,
당신이 그걸 거기 새겨 둔 것 같다,
죽은 들판들과 강에 뿌리 내린 여자들도.

〈사과나무〉 부분

이 세상 모든 엄마의 가장 뿌듯한 말, "내 아들"이란 구절이 이 시에는 없다. '내 속으로 어찌 저런 자식을 낳았을까, 우리 아들' 그 감탄이 없다. 대신 시의 화자는 말한다. 아들도 당신 아들, 내 아들이 아닌 당신 아들. 결국은 나를 떠날 아이라고. 이미 손에 지도를 넣은 듯, 이 세계를 탐험하게 될 아이. 죽은 들판과 강에 뿌리 내린 여자들을 찾으러 떠날 아이. 당신을 닮은 아이. 글릭의 《습지 위의 집》은 우리가 생각하는 집의 전형적인 모습이 다양한 관계, 다양한 나잇대의 여러 삶을 통과하면서 그려진다. 동시에 우리가 믿고 있는 집의 허상이 함께 날렵하게 파헤쳐진다. 남자와 여자가 만나서 사랑을 하고, 아이를 낳고, 그 아이를 기르고, 하지만 그 아이의 엄마는 안다. 이별을 준비해야 하는 여인이기에. 모든 관계는 늘 떠날 속성 안에서 움직이는 것이다.

그래서 떠난 당신을 이야기하는 시 〈71년 12월 6일〉에서도 얼음과 어둠과 당신 떠난 후에 그치지 않은 눈의 이야기도 그 연장선상에 있다. 흥미로운 점은 여기서 당신에 아버지를 넣어도 되고 남편을 넣어도 되고 아들을 넣어도 크게 이상하지 않다는 것이다. 많은 비평가들이 글릭을 고백시파의 아류로 쉽게 규정지었지만 고백시파의 일인칭 회고적 목소리가 훨씬 중첩적으로 드러난다. 시에서 지칭되는 '당신' 또한 여러 다른 대상에 대입해도 크게 어색하지 않다. 가령 3부의 시편들 중 〈수영 선수〉의 당신 또한 남편이 될 수도 있고 아들로 이입해서 읽어도 전혀 어색하지 않다. 번역은 불가피하게 하나를 선택해야 하는 일인데 영어의 "You"에 내포된 그 다양한 가능성의 폭은 번역 속에서 필연적으로 좁아진다. 그래서 나는 이렇게 옮기고 싶었다. 가령 "나를 쉬게 했던 것은 당신의 몸이었다. / 저 멀리서 당신은 / 고개를 돌리네: / 잔잔한 풀밭 사이로 바람이 / 인간의 언어로 옮겨 가고" 연인을 바라보는 젊은 여성이어도 좋고, 남편을 바라보는 아내의 시선이어도 좋고, 아들을 바라보는 엄마의 시선이어도 좋은 이 중첩된 목소리. 글릭의 시가 독자로서는 가장 흥미로운 지점에서 역자를 가장 곤혹스럽게 만드는 것은, 글릭의 잘못이 아니다. 영어와 한국어라는 다른 언어가 갖는 다른 세계, 다른 문화, 무엇보다 시라는 언어 형식이 갖는 다양한 해석의 가능성, 즉, 시의 언어가 품고 있는 다양한 해석의 가능성 때문이다.

시의 독자이자 번역자로서 이 연장선상에서 또 하나 이야기하고 싶은 점은 글릭 시의 서정 주체, 화자와 청자의 관계 등 목소리의 겹에 대한 것이다. 시집《야생 붓꽃》등에서도 글릭은 아들이나 남편의 이름을 넣어서 시를 쓰기도 하는데, 그렇다고는 해도 여기서 시적 대상을 특정 인물로만 한정지을 수는 없다. 궁금하지만 자칫 비평가의 지나친 해석 행위가 될 수도 있기 때문에 이 점을 염두에 두고 시를 읽다 보면, 시집에 등장하는 이별 또한 단순히 남녀 간의 이별에 국한되지 않고 모든 관계가 어느 시점에 직면하는 필연의 과정으로 읽힌다. 그래서 이 시집에 등장하는 상실은 필연적인 예감을 동반하는 상실이고 이별 또한 이별이 올 것임을 아는 이별이다. 〈사랑 시〉는 또 어떤가.

고통으로 만들어지는 무언가가 늘 있다.
당신 어머니의 뜨개질.
그녀는 붉은 색이란 붉은 색은 모조리 동원해서 스카프를 만든다.
스카프는 크리스마스 선물이었고, 당신을 따뜻하게 해 주었다,
그녀가 당신을 데리고 여러 번 되풀이해서 결혼하는
동안에. 그게 어떻게 작동했을까?
그 모든 세월 동안 그녀는 미망인이 된 심장을 저장했다,
마치 죽은 자가 되돌아올 것처럼.
당신이 그러는 게 놀랄 일도 아니지,

피를 두려워하는 당신, 벽돌담처럼

계속 이어지는 당신의 여자들.

〈사랑 시〉 전문

뜨개질은 그 시절 수많은 여성의 취미다. 1960년대 순응의 시대에 미국의 여성들은 아무리 뛰어난 재능을 가지고 있다 하더라도 가정의 천사로 쌀을 씻고 옷을 만들고 타이핑을 했다. 그런데 이 시에서 "당신 어머니"의 뜨개질은 그보다 더 많은 것을 함축하는 말이다. 화자에게는 남편의 어머니가 되는 이제는 늙어 버린 그 어머니는 남편을 먼저 떠나보낸 고통에 지지 않으려고 뜨개질을 한다. 불행한 운명을 참을성 있게 견디는 인내의 상징으로 끝날 시에서 반전이 발생하는 것은 그 뒤다. 여기서 화자는 자기 결혼 생활의 불화의 원인을 이해하려고 애쓴다. 시어머니의 뜨개질을 더듬어 상기해 보는 것은 그런 이유다. 미망인이 된 심장을 저장하는 일. 하지만 또 동시에 안다. 시어머니의 상실은 여인의 참을성 있는 인내와 결곡한 버팀으로 이어지지 않았고, 반복해서 파트너를 바꾸어 가는 걸로 이어졌다는 것을. 어딘가에 정착하지 못하는 그 반복된 상실이 그녀의 어린 아들, 훗날 내 남편이 된 이에게 어떤 영향을 미쳤을까. 시의 마지막 행 "계속 이어지는 당신의 여자들"에서 강하게 환기되는 내 남편의 바람기는 처음 시가 시작되는 무렵에 독자가 갖는 기대를 배반한다. 시어머니를 통해 남편까지도 함께 바라보는 화자의 자세 속에는 크나큰 분노의 불길이 일지 않는다. 오히려 담담하게 시는 주소지를 바로 찾지 못하고 떠도는 남자의 불안한 갈망을 분석하는 분석가의 태도를 취한다. 그 또한 사랑의 일인가. 아니면 특정한 기질이 선사하는 여유인가.

엄마의 불안한 사랑이 아들에게 전이되고 그런 아들은 한 여자를 잘 사랑할 수 없다. 그런 남자를 바라보는 여자의 시선. 이 중첩된 소외와 망실은 비통하지도 않고 뜨개질의 손짓처럼 담담하다. 그러다 잔잔한 평화가 깨지고 억누르는 비애가 터져 나와 〈불〉에서처럼 활활 타오르기도 하고, 또 〈요새〉와 〈여기 내 검정 옷들이 있다〉처럼 혼곤한 병과 죽음의 터널을 통과하기도 하는데 이 모든 과정이 결국에는 어떤 평안과 수긍에 이르는 길이다. 죽음과도 같은 고통을 지나 마침내 그를 떠날 결심을 하고 자유로운 새 생명을 입은 듯 선언하는 목소리, 청춘의 혼란스러운 사랑을 지나 그 청춘이 빛처럼 낳은 아이들의 어린 날을 더듬는 목소리는 그 모든 삶의 격랑들, 계속되는 갈망과 헤맴을 지나서도 여전히 이 습지 위의 집에 깃든 일상을 이어간다. 진통을 반복하는 나날 속에서 떠나는 사람이 있고 또 남는 사람이 있는 것이다.

언덕 위
모과나무에 꽃이 핀다.
크고 고독한 꽃들을
품고 있다,
모과꽃,
당신이 가느다란 가지에서
그 꽃들을 싹둑 끊어서
내게로
잘못 왔을 때 같다.
비가 그쳤다. 햇빛은
나뭇잎 사이로 움직였다.

하지만 죽음에게도

또한 꽃이 있으니,

그건 바로

전염이라 불린다, 그건

빨강이나 흰색,

모과나무 꽃 색깔이다―

당신이 거기 서 있었네,

두 손에 꽃들 가득 들고.

그 꽃들이 선물인데

내 어떻게 받지 않을 수 있었을까?

〈모과나무〉 전문

습지 위의 집이 무너지면 우리는 그 집을 어떻게 그리는가, 사랑이 떠나간 후에 우리는 사랑을 어떻게 그리는가. 빛살처럼 내게로 와 안기던 아이가 떠나고 나면. 젊은 날 가장 빛났던 사랑의 결실마저 온전한 남이 되어 멀리 가고 나면 남은 사람은 무엇으로 사는가. 또 사랑이 남기는 가장 아픈 상처는 어떻게 치유하는가. 시집 말미에 나오는 시 〈모과나무〉는 그에 대한 비스듬한 답이다. 흔히 우리는 아픈 상실 앞에서, 절단 난 관계 앞에서 입을 닫는다. 떠나기로 결정한 사람에 대해서, 한때 사랑했던 그 시간을 침묵으로 고스란히 묻어 버린다. 누구도 알지 못하게 봉인된 기억의 요새에 가두는 것이다.

하지만 이 시에서는 그 모든 시작과 종결이, 잘못된 만남이, 그 만남이 꽃피운 시절이, 모두 납득할 수 있는 수긍과 긍정으로 그려진다. 비 그치고 햇빛 나오고 크고 고독한 꽃이 피고. 죽음과도 같은 전염성의 꽃. 글릭에게 피어나는 일은 이토록 독하다. 꽃은 암처럼 퍼지고 죽음처럼 퍼진다. 이 역시 모든 화려함의 끝을 예상하는 조로의 시선. 너무 일찍 전생을 살아 버린 자의 쓸쓸한 인정. 하지만 "당신이 거기 서 있었네 / 두 손에 꽃들 가득 들고. / 그 꽃들이 선물인데 / 내 어떻게 받지 않을 수 있었을까?" 이 처연한 수긍은 이후의 시편들에서 보여 주는 목소리들과 닮아 있다. 분노도 체념도 해탈도 아닌, 수긍이다. 사랑의 배신 앞에서 이토록 담담한 수긍의 목소리를 보기가 쉽지 않다. 결국 이기는 자는, 살아남는 자는, 그렇게 아무렇지 않게 불행 앞에서도 고개를 끄덕이는 자다. 글릭의 이 힘은 어디서 나오는 것일까. '아, 글릭 정말 대단해, 시가 그를 구원했나 봐.' 이 시집을 번역하던 어느 날, 누군가에게 나는 이렇게 외치듯 문자를 보낸 적이 있다.

글릭이 부르는 사랑 노래는 이렇듯 사랑이 없는 세상에서 사랑하라고 강제하는 사랑이 아니라 사랑이 떠난 자리에서 그 자리를 선연히 바라봄으로써 사랑을 완성하는 사랑이다. '그래 뭐 그런가 보지.' 이 세상 습지 위에 지은 모든 집들은 비슷한 아픔의 무늬가 아로새겨진 것일 테니, 그 모든 것을 처연하게 받아들이겠다는 소극적 수용의 자세가 시인을 이토록 고요하게 만든다. 나는 안다. 이 소극적 수용이야말로 가장 적극적인 방식의 견딤이라는 것을. 불씨로 활활 타오르는 슬픔은 자신을 재로 만들지만, 가만히 낮은 자세로 견디는 수긍은 당도하지 않은 평화를 미리 앞당긴다. 십 대에서 이십 대로 넘어가는 시절을 극심한 섭식 장애를 치료하며 견뎌 낸 시인은 이십 대에서 삼십 대로 넘어가는 시절, 사랑과 상실과 죽음과 병이 필연적으로 존재하는 생의 조건을 시로 엮는다. 그 위의 집을 이루던 사람들이 각자 흩어져도, 그 터가 허물어져도, 모두 떠나보내도, 굳건히 그를 바라보며 일상을 살아 내는 일. 그 믿기지 않는 수긍의 자세. 그래, 살아가는 일은 결국 어떤 자세인 것이다.

열세 권에 달하는 시집을 나란히 줄을 세우는 것은 연대기적인 방법 말고는 어떤 것을 앞세워도 쉽지 않고 난처한 과제다. 글릭의 시집 전체를 놓고 번역 순서를 정하면서 시인이 좋아하고 또 평자들이 아끼는 시집 세 권을 먼저 독자들에게 들려 드리고, 처음으로 돌아오길 강력히 원했던 것은, 바로 시인이 개성 있는 목소리로 들려주고 그리는 이 첫 자국들을 보듬어 보고 싶어서였다. 젊은 날을 남들과 비슷한 젊음으로 보내지 못하고 깊은 병고로 보낸 시인이 어떤 언어로, 어떤 방식으로 자기 삶을 받아들이고 화해에 이르고 있을까 궁금했기 때문이다. 그 점에서 시절의 불안과 우울을 그린 첫 시집 이후, 꽃이 피어나는 시간과 꽃이 지는 시간을 동시에 그려 보이는 두 번째 시집이 나온 것은 절묘한 확장이다. 사람은 절망만 껴안고 버티는 것에는 한계가 있기 때문이다.

그리고 하나 더, 시를 찬찬히 읽고 옮기면서 절감했다. 화해는 실은 크게 중요한 것이 아니란 것을. 모두가 화해를 이야기하지만, 여전히 폭력을 행사하는 강자가 있고, 피해를 입은 약자가 있고 그 관계가 뒤바뀌지 않는 이 세계에서 상대를 전제로 하는 화해만을 내세울 때, 자칫 더 큰 내상을 입기 쉽다는 것을. 화해 이전에 수긍이 먼저란 것을. 살아 있음이 선사하는 이 모든 스치는 시간을 표표히 안는 수긍. 그 모든 불협화음과 기쁨과 고통을 끌어안는 그 고요한 수긍의 언어 앞에서 나는 독자로서 경외감을 표현한다. 그것은 정말 쉽지 않은 일이기 때문이다. 글릭의 시집 다섯 권을 우리말로 옮기는 긴 시간은 내 아픔이 깊어지는 시간이면서 동시에 치유되는 시간이었는데 이 두 번째 시집 《습지 위의 집》을 옮기면서 어떤 이유로 깎여 나갔던 내 안의 너그러움이 다시 살아나는 느낌을 받았다.
다른 이들의 크고 작은 신산함까지도 끌어안으며 거기서 꽃을 피
우는 시인의 인내, 시인의 견딤이 값진 것은 바로 그 이유다. 첫 시
집의 불안한 짙은 색이 두 번째 시집에서 분홍이 점점이 찍힌 푸른
색으로 바뀌고 시인은 더 넓은 세계로 나아간다.

　이로써 열세 권의 시집 중에서 《야생 붓꽃》, 《아베르노》, 《신실하
고 고결한 밤》에 이어 《맏이》, 《습지 위의 집》 다섯 권의 시집이 먼
저 한 몸으로 묶이게 되었다. 번역 기간 내내 글릭 시를 목 길게 빼
고 기다리는 독자들을 많이 만났다. 독자와 어떤 방식으로 잘 만
날지 고민에 고민을 거듭하며 긴 시간 함께 고생해 준 시공사 편집
부와 구민준 편집자에게 특별한 고마움을 표한다. "고통으로 만들
어지는 무언가가 늘 있다"고 시인은 말했는데, 시를 통해 이 답 없
는 세상에 답이 되고자 하는 모든 이들은 실로 고통으로 무언가를
만드는 사람들이다. 흩어지는 생의 찰나를 수습하고 수긍하는 시
인 글릭의 언어처럼, 가닿지 않는 다른 언어 저편을 향해 끝없이 노
를 젓는 모든 역자들과 편집의 고민, 고통들도 마찬가지다. 고통으
로 만들어지는 이 시집 너머, 시의 독자들이 어려운 시절에 시를 통
해 어떤 가능성의 씨앗을 품게 되길 바란다. 글릭이 어린 시절을 보
낸 고향 롱 아일랜드에서 변치 않는 시의 언어에 대한 희망을 전언
으로 띄우며 글을 보낸다.

나는 더 이상 젊지 않다. 그게
뭐 어때서? 여름이 다가오고, 또 길고 긴
가을의 썩어 가는 날들이 온다. 그때 나는
내 중년의 위대한 시를 시작할 거다.

_〈가을에게〉 중에서

고통으로 만들어지는 무언가가 늘 있다.

_〈사랑 시〉 중에서